Charles de la Rue

Lysimachus

Ein Trauerspiel in fünf Aufzügen

Charles de la Rue

Lysimachus
Ein Trauerspiel in fünf Aufzügen

ISBN/EAN: 9783743448292

Hergestellt in Europa, USA, Kanada, Australien, Japan

Cover: Foto ©Andreas Hilbeck / pixelio.de

Weitere Bücher finden Sie auf **www.hansebooks.com**

Personen.

Lysimachus, König von Thracien und Macedonien.

Arsinoe, Gemahlinn des Lysimachus.

Agathokles, Sohn des Lysimachus von seiner ersten Gemahlinn.

Amyntas, Sohn der Arsinoe von ihrem ersten Gemahle.

Cassander, General der Reuterey.

Charilus, Feldmarschall.

Medon, General der Königl. Leibwache.

Phädima, Hofdame der Königinn.

Der Schauplatz ist in dem königlichen Palast.

Lysimachus.

Erster Aufzug.

I.

Lysimachus, Charilus, Medon, Wache.

Lyf.
Wache! Wache! zu Hülfe!

Medon. Bruder! der König! eilet.

Lyf. Wo bin ich? Ach! Medon, Furien durchschwärmen den Palast, Blut strömt übers Bette; die Geten sind in der Stadt, Pyrrhus verwüstet alles.

Med. König! es ist alles in Ruh und Sicherheit.

Lyf. Cassander komme sogleich hieher.

Med. Woher diese frühe Unruh?

Lyſimachus.

Lyſ. O traurige Vorbedeutungen! unglückliche Nacht! Kaum beſuchte mein mattes Aug der Schlummer; da erblick' ich das ſchröcklichſte Bild: drey Jünglinge traten herein; der erſte glich dem Agathokles; der zweyte dem Seleucus, der dritte dem Amyntas. Ihr Haupt ſchmückten Kronen, und Königsſchmuck hieng von der Schulter.

Charilus. Ein ſo freudiger Anblick ſchröcket dich?

Lyſ. Ich Unvorſichtiger! ja ich hoffte Freude; das Bild der dreyfachen Krone gefiel mir. Er iſts würdig, ſagte ich zu mir ſelbſt, Agathokles, die Frucht meines erſten Ehebettes, iſt würdig dieſer Ehre: auch Seleucus, das theure Unterpfand, das ich mit der Hand meiner Arſinoe empfieng; er hat wie mein jüngerer Amyntas eine königliche Seele. Erfülle, o Himmel! dieſe Vorbedeutung. So dacht ich bey mir ſelbſt; aber meine Wünſche ſind dahin! ſchröcklicher Anblick! die Kronen fielen von den Häuptern, zu den Füßen lag der Purpur, und ich ſah nichts als Todtengebeine; das Blut erſtarrte mir vor Schröcken; ſie erhoben den ſchwarzen Mund und knirſchten mit den Zähnen; Zorn blitzte aus den dunklen Kreiſen, wo die Augen waren. Ich ſah ſie ihre Hände zum Kampf erheben: drauf knarrten die Rippen und die hohlen Lenden: die Erde zitterte, indem ſie wild davon flohn. Das entſetzliche Geſicht riß mich aus dem Schlafe. Was zweifle ich noch? Meine Söhne ſind verloren, ſie ſind des Tods. Dieſen drohet ihr gegenſeitiger Haß; der Feind, der die Stadt belagert, bereitet ihn, und was das furchtbarſte iſt, ein Gott hat ihn über ſie verhängt.

Nicdon. Und dieſen verkündigt ein Traum, der enthüllt die Rathſchlüſſe der Götter? Ein wichtiger Urheber ihres Todes.

Lyſ. Ich ſelbſt, ich, der Vater, bin der Urheber ihres Todes. Ich habe ihre Eiferſucht erweckt, da ich den Seleucus dieſe Nacht wider die Feinde aufbrechen ließ; wär er von der Schlacht entfernt geblieben; hätt' ich ihn in der Stadt zurückgehalten! — Ich ſelbſt hätte mich in dieſe Gefahr begeben, und das Reich vom Umſturze erhalten, oder unter dem Schutte deſſelben zu Grunde gehen ſollen.

2.

Lyſ. Caſſand. Charilus. Medon.

Lyſ. Caſſander, ich gehe: ich will mich in das Heer der Gethen ſtürzen und meinen Sohn aus der Gefahr reiſſen.

Caſſ. Mächtiger König, welche Sorge zernagt auf einmal dein Herz! von nun erſt fängſt du an für deinen Sohn zu zittern?

Lyſ. Die Götter wollen es.

Caſſ. Vergebens. Furcht kömmt nicht in das Herz des Lyſimachus.

Lyſ. Aber in das Herz des Vaters.

Caſſ. Der Vater hat hier nichts zu fürchten. Die Hoffnung des Sieges iſt gewiß. Entweder ſie war niemals oder itzt. Bey dieſer Hoffnung kann keine Furcht ſeyn; die Zeit iſt günſtig, die dichte Nacht verſpricht uns alles. Im tiefen Schlaf liegt das belagernde Heer begraben; die Feinde ſind geſchwächt; die Gethen ſind wider den Pyrrhus; mit Liſt nnd Gewalt geht Seleucus auf die Feinde zu; kann eine beſſere Hoffnung ſeyn als dieſe?

Lysimachus.

Lys. Eine zweifelhafte Hoffnung, die sich auf List gründet.

Cass. Keine gewissere; wenn die List von der Tapferkeit begleitet wird.

Lys. Wie, wenn Pyrrhus und die Gethen, seine Gehülfen, sich durch neue Treue verbunden, und indessen aller List vorgebogen haben, was wird die List vermögen? Welchen Ausgang wird die Schlacht gewinnen, da Seleucus aus List mit Gethischen Waffen erscheint?

Cass. Fern sey alle Furcht: ich sage nichts aus Leichtsinn oder im Zweifel. Noch ist die Treue der Gethen dem Pirrhus, und jedem die Treue des Pirrhus ungewiß; es ist ein Lager dem anderen verdächtig, und die Heerführer hassen ihn. Sehr vorsichtig hüllte sich Seleucus in die Kleidung der Gethen ein, und sein ganzes Heer begleitet ihn in der Pracht der Gethen; so ist durch List die Tapferkeit sicher. Bald wird er die Feinde hinter einander treiben; Irrthum und Nacht werden machen, daß sie einander selbst aufreiben.

Lys. Siegprange nicht: da die Götter alles Unglück drohen.

Med. Was für Götter machst du dir! leere Bilder, von denen die Wahrheit entfernt ist, die der betrügliche Schlaf durch traurige Schatten in der ängstlichen Seele weckt, die nur von der schwarzen Nacht ihr Daseyn empfangen und am Tage verschwinden. Dies schröcket dich? Vor diesen Göttern zitterst du?

Lys. Dies ist die Stimme der Götter: Agathokles ist des Tods! Ach! du stirbst, Seleucus! du stirbst, Amyntas!

Medon. Agathokles gieng keinen Schritt von hier, Amyntas setzte keinen Fuß vor die Stadt, nicht aus dem Palast. — Sieh, so sicher sind Drohungen der Träume.

Lys. Weis Agathokles, daß sein Bruder in Gethischer Kleidung aus der Stadt gegangen ist?

Cass. Er weis nichts von unserer List, nur des Seleucus Ausbruch ist ihm bekannt.

Lys. Es ist geschehen! der kriegerische Jüngling ist seiner nicht mächtig; er wird hinausstürmen; das wird er niemals zugeben, daß die Schlacht seinem Bruder überlassen ist, dem er an Alter und Verdienste vorgehet. Amyn-

Lysimachus.

das weicht nicht vom Agathokles: sie werden sich beyde in das Lager stürzen, und — sterben. Ach! mein Haus und Reich ist zertrümmert! herrlicher Palast! würdiges Denkmal so vieler Könige! Pella! geliebte Stadt, einziger Ueberrest von Traciens und Macedoniens Königreichen! du bist meine letzte Zufluchtshöhle! doch — du sollst nicht mein Grab seyn. Ich will elend, aber würdiger auf dem Kampfplatze sterben. Der Tod, sey er welcher er will, soll mich nicht in Trägheit überraschen, kämpfend will ich ihm entgegen eilen. Waffen her!

Cass. Wo eilst du hin?

Med. Herr! laß dich nicht von ungestümer Leidenschaft hinreissen.

Lys. Ich gehe zum Seleucus: ich bin Vater: laßt mich meine Söhne retten.

Cass. Du stürzest beyde ins Verderben. Wird einer unsrer Jünglinge sich einhalten lassen, wenn er hört, daß der König ins Lager ist? sie werden mitten in die Feinde dringen, und dem Tode trotzen.

Lys. Du hältst mich zurücke! — ich seh es: Niemand in der Welt! wird den Agathokles einhalten — ach! meine Furcht verdoppelt sich. — Aber — soll ich meinem Seleucus nicht beystehen?

Med. Was hat er für Beystand nöthig?

Cass. Laß ihn Hülfe nöthig haben. Hast du keinen Soldaten? Ich geh: winke nur; ich will dir deinen Seleucus wieder geben.

Lys. Eure Treue giebt mir neues Leben. Geh, ich bitte euch. Medon, nimm zweytausend vom Fußvolke, Cassander nimm tausend Reuter; durchbrechet mit neuer Kraft die Heere der geschwächten Feinde: beschützt die Jugend, weichet keiner dem andern von der Seite — Freunde! in eurer Hand ist das Glück meines Sohns — das Glück eines Vaters.

Med. Wir setzen für beyder Heil unser Leben daran.

Lys. Woher die Königinn so unverhoft? Ich will meine Furcht unter erheiterter Stirne verbergen. Lebet wohl, geht.

3.

Lyſ. Arſinoe, Phädima.

Arſ. Verzeihe, mein Gemahl, ſchon wieder komme ich bittend, die Noth zwinget mich.

Lyſ. Was du verlangeſt, ſey meine Gattinn. Genies deiner Wünſche: ich erfülle ſie: Seleucus iſt ſchon im Lager; ſieget er — ich habe mein Wort gegeben — er wird herrſchen.

Arſinoe. Du beglückeſt mich, du beglückeſt meinen Sohn mit dieſer Wohlthat, ich weis es und freue mich. Aber mache deine Wohlthat ſicher, das iſt es, was ich itzt bitte.

Lyſ. Das werde ich, meine Gattinn.

Arſ. Agathokles eilet herbey; er wird ſich dagegen ſetzen.

Lyſ. Zwar erhebt den Agathokles die Gunſt des Volkes und ſein höheres Alter zum Thron; allein Seleucus ſoll ihm durch Verdienſt vorgehen, und durch Thaten ſein Recht ſich erwerben. Giebt ihm das Glück den Sieg, unterſtützet er das ſinkende Reich und die Krone, die auf meinem Haupte wanket, ſo wird er allein als Erb in den Platz des Agathokles treten.

Arſ. Damit er allein herrſche, ſo mache, daß er allein ſiege. Agathokles tobt vor Neid und Mißgunſt; er will Theil an dem Ruhme des Sieges haben, er ſucht aus der Stadt ins Lager zu kommen. Hier iſt er.

Lyſ. Es iſt jugendlicher Muth, ich will ihn bezähmen. Wird er es wagen, vor mir hinauszugehn, wenn ichs ihm verbiete!

4.

Die vorigen. Agath. Amynt.

Agath. Die tiefſte Nacht kömmt heran. Der Bruder überfällt den ohnmächtigen Feind: und ich bin hier in die Stadt eingeſchloſſen. Vater! laß den Agathokles mit ſeinem Bruder kämpfen.

Amynt. Laß den Amyntas dieſen Ruhm mit beyden theilen.

Lyſ. Dieſer euer Muth, der Leben und Tod verachtet, gefällt mir. Mächtige Heere zurücktreiben, das Vaterland von der Gefahr des Untergangs retten, dies iſt ein Unternehmen, das Eurer würdig iſt, Agathokles und Amyn-

Lysimachus.

tas. Allein es ist schon alles dem Seleucus übergeben. Doch damit nicht die feindliche Wuth die ohnmächtige Stadt ergreife, so schützet sie, und erhaltet die zitternden Bürger.

Agath. Ich sollte hier schändlich verweilen? zu Haus im Ecke? entfernt von aller Gefahr? in niedrigem schimpflichem Müssiggange.

Lys. So sehr bist du neidisch auf den Ruhm deines Bruders?

Amynt. Wir beneiden nichts.

Agath. Er mag den Ruhm allein haben; laß uns Theil an der That; ich will mit Freuden sein Kriegsgefährte seyn, oder er sey mein Führer, ich will ihm als Soldat folgen.

Lys. Folge dem Befehl des Vaters. Es ist kein kleines Verdienst, keine geringe Ehre, kühnen Muth unterdrücken, und wider Willen gehorchen zu können.

Agath. Diese Ehre ist für meinen Bruder.

Lys. Gehorsam ist für alle. Schweig! Du wirst nicht aus dieser Stadt gehen. Willst du die Ursache wissen? Die Götter haben es verboten, der König versaget es, und der Vater gebietet es. Ich will indessen die Mauern besehen.

5.

Agath. Arsinoe. Amynt. Phäd.

Agat. Königinn, was soll ich denken? Was suchest du endlich durch diese Kunstgriffe? Wie? ein so theures Haupt, das eines bessern Schicksales würdig ist, stürzest du in so offenbare Gefahren? Deine großen Unternehmungen, die dir schon so weit geglückt haben, lässest du auf einmal sinken?

Ars. Dies sind nämlich die Kunstgriffe einer Stiefmutter, mit solcher Wuth hasset sie, so greift sie in deine Rechte, daß sie, indem sie dich von der Gefahr rettet, ihren eigenen Sohn hineinstürzet. Geh itzt, und glaube noch, daß Arsinoe dir nach dem Zepter strebe.

Agath. Drücke den Pfeil auf mich los, welchen du willst, ich werde mich nicht beklagen. Ich muß es gestehen, ich verdiene es; ich bin ein Verbrecher, ich bin dein Blut nicht. Du mußt mich hassen, die Götter wollen es, sie haben

haben dir einen Sohn gegeben. Ach! dieser Name wär mir der theuerste in der Welt! Nein, die Lorbeern in meiner Hand, das Glück des Krieges, die besiegten Könige, die überwundnen und unterjochten Völker — alles dies kann den Schaden meines Geschlechts nicht ersetzen, noch das Verbrechen meiner Geburt auslöschen. Dies wäre die Krone meiner Glückseligkeit, daß ich von deinem Blute entsprungen, dir angenehm und dem Vater werth seyn könnte. Würde mir dies das Schicksal ertheilet haben: ich trotzte den Veränderungen des Glückes und den Drohungen des stolzesten Neides; sicher in dem mütterlichen Schoose ohne Begierde nach Ruhm und Siege, ohne eines Reiches bedürftig zu seyn, stolz genug auf diesen Namen allein würde ich meine Tage hinbringen.

Arſ. Rede vom Herzen. Verbirg nicht unter die Maske des Scherzes den Groll, der dir die Brust nagt. Beklage dich, daß Seleucus, gleich seinem Bruder, schnell sich zum Gipfel der Ehre schwingt. Beklage dich, daß er diese Stelle, und die Erndte eines neuen Sieges dir weggraubt. Dies ist der Schmerz,

B

der deine Seele durchbohrt; der Bruder ist der Mitbuhler — tödtendes Wort! ich kenne dich; ich weiß was du willst. Aber du hast Thaten genug unternommen; du hast mit deinem Verdienste deinen Bruder und mich überhäufet; kaum können wir dir so viel dagegen thun. Doch wenn der Himmel will — setze dich — so viel du willst, dagegen; es wird etwas seyn, daß du auch wider deinen Willen der Stiefmutter wirst danken müssen.

Agath. Der hat dir alles zu danken, den du dem Tod entziehest, so oft von Gefahren rettest.

Arf. O, daß du erkenntest, daß dies das geringste ist, was ich für dich thue: ich werde deine Wünsche übertreffen.

Agath. Agathokles wird nicht immer auf dieser Stufe stehen; er wird einst eingedenk und dankbar seyn können.

Arf. Auf welcher Stufe du immer stehen wirst — du wirst mir derselbe seyn.

Agath. Königinn! du mir nicht! Ich kenne die Rechte der Könige. Wie weit ein

Lysimachus.

Unterthan vom Könige entfernet ist, weiß ich — ich habe es durch Leiden gelernt.

Arſ. Auf elende Drohworte zu ſchweigen — lehrt mich die Verachtung.

Agath. Du magſt ſchweigen — die Sache redet von ſich ſelbſt.

Arſ. Du zwingſt mich? wohlan! ich rede. Du biſt mein Feind, und der Feind meiner Söhne! Ich weis was du im Schilde trägſt; du haſſeſt den Seleucus und Amyntas! durch dich wütet der Bruder wider den Bruder. Jenen drückeſt du durch ungerechten Haß, dieſem ſchmeichelſt du und betrügſt den unvorſichtigen durch Liſt. Du trägſt die Fackel der Zwietracht in dem väterlichen Hauſe herum. Aber bald wird dein kühner Muth brechen, die Wuth wird ſich legen, und Agathokles wird lernen unter dem Joche ſich beugen.

6.

Agath, Amyntas.

Amynt. Und du liebeſt noch denjenigen, deſſen Mutter dich mit unſinnigem Haſſe verfolget?

Agat. Und du liebest noch den, den zu hassen durch so viel Beyspiele deine Mutter dich lehret?

Amynt. Keine Gewalt kann Haß befehlen; auch die Liebe ist nicht sklavisch. Sie kann es nicht seyn, wenn sie auch wollte. Seleucus und ich haben nicht einerley Vater; aber Arsinoe ist leider Mutter; und ich kann meinen Bruder nicht lieben; mit dir habe ich nichts gemein; es fließt in deinen Adern ein fremdes Blut; und dich muß ich lieben, und die Glut, jemehr man sie zu ersticken sucht, brennt desto heftiger, und zehret mir das Herz ab.

Agath. Süßer Trost im Unglück! wider mich wüthet der Stiefmutter unversöhnlicher Haß; aber Amyntas liebet mich. Mein Bruder mißgönnt mir den Zepter, aber Amyntas liebet mich. Ich bin von meinem Vater verachtet, aber Amyntas liebet mich. Suchet ihr noch weiter mein Unglück, o! so füllet das Maas meines Schicksals! Verstoßet mich aus meiner Vatererde, übergebt mich — dem Tode. — Es wird mir ein Spiel seyn, ein Gewinn, alles zu leiden, wenn nur du mich immer liebst.

Amynt. O könnt' ich mein Blut für dich hingeben — in diesem letzten Augenblicke laß mich es wagen. Höre die unaussprechliche That: alles, was man unternimmt, zielet dahin, daß Seleucus herrsche. Durch Mordthaten wird ihm der Weg zum Throne gebahnt. Sieget er, so verlierst du dein Recht, der jüngere herrscht, er gibt Völkern Gesetze und ist dein König.

Agath. Und wie hab ich dies verdient? welches ist mein Verbrechen?

Amynt. Dein Verbrechen ist die Wollust des Königs.

Agath. Ein höheres Verbrechen ist der Haß meiner Stiefmutter. Ich seh es, mein Vater glaubt, hier sey ich von aller Gefahr befreyt. Ha! dazu bin ich aufbewahrt! was thu ich!

Amynt. Du siehst es? und leidest den Schimpf? und greiffst nicht nach dem Lorbeer? Komm laß uns in Geheim aus der Stadt fliehen; und — ohne daß es der König weis, auf die Feinde losgehen. Das Heer wird dir von freyen Stücken zufallen, die Führer werden deinen Bruder verlassen, und du wirst die Ehre der Tapferkeit und die Ehre des Sieges einernden.

Agath. Ah! daß diese Nacht vorbey wäre! die ohne mich so viel Ruhm erbeuten soll! unberühmt, verstoßen, als ein Auswürfling, ein leerer unbekannter Name — ah! ich soll auf meine Vernichtung die Sieggepränge eines andern errichten! Ha! vielmehr — es ist beschlossen. Ich, ich bin sein Gefährde, er soll siegen, und wissen, daß er der Sieger nicht ist. Euch, ihr Sterne des Himmels, und dich höchste unsichtbare Gottheit nehme ich zu Zeugen! Nicht Wuth, nicht Haß wider den Bruder reißt mich zur Schlacht. Ich lieb ihn, da er mir die Krone wegraubt. Ich schütze mein Recht. Kein Verschub! Freund! ich folge dir, wo du hin winkst, ich muß mit dir herrschen oder — sterben.

Zweyter Aufzug.

I.

Arsinoe, Phädima.

Arſ. Wie? das Lager des Pyrrhus iſt im Brand? Die Gethen ſind beſiegt!

Phäd. Das Volk iſt rings um die Stadt, und ſiehet ohne Furcht das Lager brennen, und die Kriegswerkzeuge und Zelten der Feinde und alles, wovor es zitterte, einäſchern. Der Feind iſt davon, und überläßt dem Sieger die Beute und die im Kriege eroberten Schätze. Die Stadt iſt erfüllt mit Jubelgeſchrey.

Arſ. Nun bin ich Königinn, Phädima, der Zepter war mir bisher das Zeichen der Sclaverey und die Krone ein unnützer Laſt. Nun herrſche ich. Von nun an kann ich eine Gemahlinn der Könige und Mutter der Könige genannt werden. Nun erhebt mein Sohn ſein erhabnes Haupt, das der Sieg krönet. Höher als Seleucus iſt nichts als der Thron. Jede Belohnung, die nicht ein Königsthron, iſt für den Seleucus zu gering. Der allein kann mit

Recht über das Volk herrschen, der es rettet. Aber wo hat sich indessen Agathokles hinbegeben? wo ist er?

Phäd. Man sagt, er sey bey der Nacht hinausgegangen.

Arf. Agathokles? wie? weißt du gewiß, was du da sagst?

Phäd. Amyntas gieng mit ihm, sie griffen mit vereinter Hand das feindliche Lager an.

Arf. Und so erfüllt er die Befehle des Vaters?

2.

Lysimachus, Arsinoe, Phädima.

Lysimach. Unser Schicksal ist endlich entschieden. Das Glück hat dem Pyrrhus und Lysimachus, jedem seine Stelle angewiesen. Die letzte Nacht hat den lange zweifelhaften Streit geendigt. Der Macedonier, der seinen Hals nicht unters Joch beugen kann, gehorchet mir allein, und die Feinde drücket die Furcht des äußersten Verderbens, das uns drohte. Aber — Königinn! was dir nicht angenehm seyn wird: es ist des Agathokles That.

Arf. Die grose That! freue dich, Vater! über einen tapfern und ungehorsamen Sohn.

Lysim. Es ist mehr als Gehorsam, wenn der Ungehorsame mir das Reich erhält.

Arf. Erhält es der Sieger dir oder sich?

Lysim. Mir und sich. Mit der Hand, mit welcher er des Vaters Thron befestigt, befestigt er sein Recht. Doch Seleucus hat vielleicht Theil an der That; er wird Theil an der Belohnung haben.

3.

Die vorigen. Medon.

Lys. Medon, wie stehn die Sachen? Kommen beyde Söhne glücklich zurücke?

Med. Der siegende Agathokles tritt in die Stadt, und stolz auf den Tod des Königs der Gethen und auf die Beute, die seine Hand eroberte, eilt er in die väterlichen Arme.

Lys. Er fiel durch das Schwerdt des Agathokles der meineydige? und spie die häßliche Seele aus?

Med. Ja, und von dem Augenblicke an sank der Feind. Der Führer, der mit den gethischen Völkern, mit erneuerter Macht von allen Seiten her auf uns zudrang, wich, so bald er hörte, daß Agathokles gefärbt mit dem Blut des Königs sich mit dem siegenden Phalanx nähere. Schreckliches Getös durchdonnerte das Lager. Gähling und mit Gedränge eilten die Barbaren in die Flucht. Sie fielen in unsere Spieße und Schwerdter. Alles flieht. Pyrrhus ist entwichen. Was das Eisen nicht thut, thut die Flamme. Blut strömt über die Felder. Das Reich ist gerettet!

Ars. Auf welcher Seite focht Seleucus?

Med. Was er gethan hat ist noch nicht bekannt.

Lys. Giengst du nicht zu ihm?

Med. Wie konnt ich? durch die dicke Nacht ward die Schlacht verwirrt, und die Heere in einander gemenget.

Ars. Ich zittere vor Furcht! Hast du ihn nicht gesehen?

Lys. Kömmt er nicht mit dem Bruder zurücke?

Med. Agathokles kömmt allein.

Lyſ. Haſt du nichts gehört? nichts geſehn? Ah! Medon! wer kann dies ertragen! Aus dieſer einzigen Urſache ſchickte ich dich, daß du meinen Sohn beſchütztest; du weißt nichts von ihm! du kömmſt allein zurücke?

Arſ. Was ſoll ich muthmaſſen?

Lyſ. Was fürchteſt du? laß mir dieſe Sorge über: ich unterſuche alles genau; bald wird Agathokles ſichere Nachricht bringen. Er wird ſogleich hier ſeyn.

Arſ. Wie ſoll ich mit Heiterkeit ſein Antlitz ertragen, ich, die ich für meinen Sohn zittere. Ich gehe, und entziehe meine verhaßte Gegenwart dem Gepränge des Siegers! Ihr ſchützenden Götter! gebt mir meinen Sohn wieder!

4.

Lyſimachus, Caſſ. Medon.

Lyſ. Welch ein Getös hör ich?

Med. Sieh, Caſſander kömmt zurücke.

Lyſ. Wie trüber Schmerz ſein Angeſicht bedeckt! Wo iſt Seleucus?

Caſſ. Triefend vom feindlichen Blute ſtürzt er ſich mitten unter ſie, und erwarb ſich den Ruhm der Unſterblichkeit.

Lyſ. Lebt er?

Caſſ. Ach! bitteres Schickſal! er iſt todt.

Lyſ. Himmel und Erde! mein Sohn iſt todt! und du lebſt Hölle! So ſo habt ihr meinem Sohne beygeſtanden! dies iſt der Beyſtand den ihr dem Vater geleiſtet!

Caſſ. Ich hatte ihn glücklich zurück gebracht, aber die Nacht bedeckte alles mit Finſterniſſen; Heere umgaben ihn und hinderten den Zugang.

Lyſ. Hatteſt du kein Schwerdt, das dir durch die Glieder der Feinde den Weg bahnen konnte.

Caſſ. Wir haben ihn uns gebahnt. Zugleich war auch Agathokles zugegen; das Heer ſchlug ſich auf einmal zu ihm und folgte mit freudigem Gemurmel dem neuen Führer: er durchbricht die Glieder der Feinde, ſie fliehen; weit im Felde fand man den Seleucus durch

Lysimachus.

drey Wunden getödtet, das Hirn floß ihm übers Angesicht; das Blut strömte ins Gras; aber dein letztes Geschenk — der gethische Helm und das Schwerdt waren nicht mehr da.

Lys. Verdammte List! Geschenk der Furien! — Ha! mein Traum geht in die Erfüllung. — Gewöhne dich, mein Geist! gewöhne dich ans Unglück; bald wirst du mit diesen Augen noch andere Leichen anstarren. — Kennst du den Mörder?

Cass. Man weis nichts, als daß Seleucus todt ist; ob er geråchet, ob der Mörder seines Lasters sich freue, oder wer er sey, ist alles unbekannt. Wilder Ungestümm soll ihn durch die dichte Nacht fortgerissen haben.

Lys. Mein Sohn! — Ah Schmerz! Schmerz! — Du bohrst zu heftig! Wuth! — Rache! Rache! Ja — höret — höret die Stimme meines Zorns! Ich schwöre bey den heiligen Gesetzen des Vaterlandes! Ich schwöre bey den unerbittlichen Göttern: Sohn! ich werde dich råchen — oder ich bin des Todes, und mit mir sinke in den Abgrund mein königliches Haus. Agathokles!

5.

Die vorigen. Agathokles, Soldaten
mit der Beute.

Lyſ. Ich fordre Rache von deiner Hand.
Geh, tritt ins Lager zurück, mein Sohn. Dies
Wort ſey dir genug: Seleucus iſt todt.

Agath. Der eine Gegenſtand meiner Rache, Pyrrhus, kam durch die Flucht davon.
Hier iſt der andere. Die Beute des Königs
der Gethen, und den Zepter, den ich dem
Feind entriſſen habe, leg ich zu deinen Füßen,
mein Vater! billige die That. Dies allein
fordere ich zur Belohnung. Bezeuge mir dein
Wohlgefallen.

Lyſ. O einzige Hoffnung des Vaters!
einzige Stütze und Zierde des erhabenen Stammes! Komm, umarme deinen Vater, drücke
dich an dieſe Bruſt, und empfange daher alle
die Wuth, alle die Flammen der Rache, die
der Mord eines Bruders fordert.

Agath. Mein Zorn bedarf keines Sporns.
Ich eile zurück wider den Feind. Es iſt ge-

ring, was ich gethan habe. Pyrrhus, Pyrrhus soll das Opfer der Rache werden.

Lyſ. Verfolge den Flüchtigen, verfolg ihn; bediene dich deiner Siegeszeichen wider die Ueberwundenen. Dieſes feindliche Schwerdt ſey das vorbedeutende Zeichen des neuen Sieges. — Aber was iſt das? Ihr Götter! ich erſtarre! was ſehe ich! Dies iſt das Schwerdt, das ich ſelbſt in der letzten Nacht dem Seleucus gab.

Agath. Du ſiehſt doch aus dem übrigen Raube, daß es dem Gethen entriſſen iſt.

Lyſ. Auch dies iſt der Helm des Seleucus, dieſes ſein Schild, dies ſein Kriegsſchmuck. Auf meinen Befehl ſtritt er in gethiſcher Rüſtung. Sohn! du haſt deinen Bruder ermordet.

Med. Schreckliche That!

Agath. Vater — — —

Lyſim. Verwünſchtes Ungeheuer! was ſtaunſt du!

Agath. Soll ich ſchweigen? ſoll ich reden? Die Hand des Bruders hat den Bruder ermordet!

Caſſ. O! neidiges Schickſal!

Lyſ. Welche Furie hat dich hieher gebracht? Welch raſender Irrthum hat dir den Sinn geraubt?

6.

Die Vorigen. Arſinoe. Phäd.

Arſ. Und ſo ſtirbſt du deiner Mutter, Seleucus! was ſoll ich noch zweifeln? Alles droht der Mutter den Untergang.

Lyſ. Welch neues Ungewitter droht?

Arſ. Ich bin Mutter! ich fodre meinen Sohn! von allen Seiten her hör ich den Tod meines Sohns. Guter König! beſchütze die Verlaſſene. Du antworteſt nichts, mein Gemahl? Ihr ſeyd alle erſtaunt? Ach! itzt iſt es gewiß das Unglück! ich bin verloren. Aber was ſeh ich in dieſen Händen? Dies iſt das Kleid meines Sohnes, dies ſeine Waffen.

Lyſ. Weg, weg, ſchreckbare Zeugen des Todes! aus den Augen mit dieſer verfluchten Beute! flieh Brudermörder.

Arſ. Verräther!

Agath.

Agath. Ich will sterben, mein Vater. Laß es ein Irrthum seyn; ein Irrthum gegen den Bruder ist nicht ohne Verbrechen.

Ars. Meineidiger! du nennst es einen Irrthum, was du lange vorher in deiner verderbten Seele brütetest! ha! er lüget noch auf der verstellten Stirne Mitleid.

Agath. So unglücklich mich das verhaßte Schicksal machen kann, so kann es mich doch nicht lasterhaft machen.

Lys. Hör auf mit deinem bösen Verdacht, hör auf, mein Herz mit neuen Pfeilen zu durchbohren.

Arf. Wohlan! so verbieth der Mutter die Thränen! verbiet den Schmerz, der tief — tief in meiner Seele wütet. Noch mehr: befiehl, daß ich die blutige Hand des Mörders küsse, und die verfluchte Stirne mit Lorbeern kröne, oder hast du noch was entsetzlichers —

Lys. Ach! was tödtest du mich? Was soll ich thun? Wo soll ich meine Donner hinschleudern? Was willst du mit diesen tödtlichen Worten?

E

Arſ. Ich fodere Rache von deiner Hand. Hier iſt der Mörder! ſoll ich noch ſagen, was du thun ſollſt? Ein Wort töne dir in die Seele: Seleucus iſt ermordet!

Lyſ. Aber welch Zeugniß haſt du, daß es mit Vorbedacht, nicht durch Irrthum geſchah?

Arſ Zeugniß! ach! Zeugen iſt dieſer ſtolze, aufſtrebende, durchs Glück empörte Muth; Zeugen dieſer Neid, dieſe Wuth, die aus ſeinem Auge auf die Thaten des Bruders blickten; Zeugen dieſer alte teufliſche Haß, dieſer Geifer, dieſe Furcht, das Reich mit ſeinem Bruder zu theilen; Zeugen der Himmel ſelbſt, der die That ſah, und alle ſeine Donner ſammelt, um ſie über das Haupt des Mörders zu ſtürzen. Dies, dies ſind meine Zeugen! Du übergabſt dem Seleucus die Befehlhabersſtelle übers ganze Heer, wie mehrte ſich ſeine Furcht! wie tobte Eiferſucht in ſeiner Seele empor! du befahlſt ihm, zu Hauſe die Mauern der Stadt zu ſchützen; er widerſtrebte deinem Befehl; er ſchlich bey der Nacht aus der Stadt, mengte ſich in die ihm verbotene Schlacht, und erwürgte den Mitbuhler, den Bruder, mit ſeinem eigenen

Lysimachus.

Schwerdte. Ha! dies ist der schöne Zufall! dies ist der Irrthum! dies soll einer wagen zu glauben, und Wuth ergreift nicht die verborgenste deiner Nerven, und der Vater stürzt sich nicht über ihn hin und vernichtigt sein ganzes Wesen. — Erbarme dich des Sohns: wenn dich der Sohn nicht rühret, erbarme dich der Mutter! halt die Gewalt meiner Feinde ab; schütze mein gebeugtes zertretenes Haupt! dies ist nicht der Gipfel seines Lasters; die erste Stufe; so fängt er an: über die Leiche des Bruders stürmt er auf die Mutter zu; und — vielleicht kennt derjenige auch keinen Vater, der keinen Bruder kennt.

Lys. Was antwortest du hierauf, Agathokles?

Agat. Was soll ich antworten, mein Vater? Daß nicht die Herrschsucht mein Herz empöret, liegt am Tage; längst beweiset dies mein Betragen. Kann der dem Vater nach der Krone streben, der sie durch dreyfachen Sieg auf seinem Haupte befestigt? Allein sucht sie Seleucus durch heimliche List, und kann man glauben, daß ich des Betruges kundig bin, warum stell ich mein Laster selbst an den Tag? Warum bring ich, diese Beute daher, die mich gewiß zum Mörder machet?

Arf. Ah! das sind die Ränke der Hölle: du entdeckest von freyem das Laster, damit du es desto weiter von dir entfernest. —

Agath. Euch rufe ich zu Zeugen, ihr Götter! euch, deren furchtbarer Arm wider das Laster ausgestrecket ist. — Doch Irrthum ist Lasters genug: du kannst mein Leben fodern; ich werde nichts abbitten: diese Hand ist zwar allein des Verbrechens schuldig; mein Herz ist lasterfrey; aber was diese Hand that, das, das lösche mein Blut aus. Bist du zufrieden? Ist es nicht genug: ich sterbe! soll ich auch als ein Verbrecher sterben?

Lys. Ah! Zweifel reissen mein Herz hin und her. Wo soll ich mich hinwenden? Unglückliche Söhne! du, den das Laster aufrieb, und du, der es begieng. Aber ich, ich bin unglücklicher als ihr beyde! Mich quält der Sohn, den mir der Tod entrissen — noch mehr der, der mir übrig ist. Wie? Ich soll den Mörder dulden? Ich soll das Ungeheuer, den

Lyſimachus.

Schandfleck meines Geſchlechtes dulden? Ah! wo ſoll ſich mein Zorn hin ergießen? Wo wird die heilige Pflicht des Eides, wo die getäuſchte Wuth hin verſchwinden? Ich ſoll meinen Agathokles, deſſen Haupt ſo viel Verdienſte krönen, die Stütze meines Stammes in den Tod ſtürzen, und das Verbrechen des Schickſales in meinem Sohne ſtrafen? Iſt dies die Frucht, dies die Ehre, dies der Glanz und die Belohnung, die auf den Sieg folget? Sohn! warum ſiegteſt du und biſt ein Mörder? Warum biſt du mir das Leben ſchuldig, oder warum iſt der Vater dir den Zepter ſchuldig? Ha! iſt denn eine Krone ſo viel werth? So theuer erkaufe ich den Schimmer eines Augenblickes!

7.

Amyntas. Die Vorigen.

Lyſ. Auch du, komm, hilf uns trauren, Amyntas. Ich weiß, was dein Arm heute fürs Vaterland that; ich würde es ſiegprangend melden; aber der tiefere Schmerz reißt mich dahin.

Amyntas. Wenn Rache Schmerzen heilen kann — König, wir haben nichts geschont: Blut strömt weit in den aufgeschwollnen Flüssen, Blut überschwemmt die Felder. Man hat des Bruders Leichnam hereingebracht; er ist in der Nähe.

Arſ. Hieher, hieher die erbarmenswürdige Leiche!

Agat. Laßt mich über meinen Bruder hinsterben.

Lyſ. Königinn! meide diesen Anblick; ich will die traurige Pflicht erfüllen. Agathokles begleite mich; erlang ich Gewißheit von deinem Verbrechen, so wirst du sterben. Lindre du indessen, Amyntas, wenn es möglich ist, die Schmerzen der Königinn!

8.

Arsinoe. Amyntas. Phäd.

Arſ. Sohn! liebst du deine Mutter?

Amynt. So, daß eine Mutter ihren Sohn nicht mehr lieben kann.

Arſ. Kannſt du auch durch Thaten deine Treue beweiſen?

Amynt. Ja, mit dieſem Leben, das ich von dir empfangen habe.

Arſ. Ihr Götter! ich erkenne es; ihr wollet nicht mein ganzes Geſchlecht verderben! bei den ſchrecklichſten Erſchütterungen habt ihr mir eine ſolche Stütze erhalten. Wohlan! der Tod deines Bruders und das Laſter des Agathokles bahnen dir den Weg zur Herrſchaft. Wage es, mein Sohn! faſſe dich in die Fügung des Schickſals. Es ſinke der, durch den du zum Throne ſteigen kannſt. Warum zweifelſt du noch? Du ſchweigſt?

Amynt. Noch hat ſich mein Gemüth nicht erholt, um an das Reich zu denken: kaum ſeh ich itzt ſeine Lage ein, und noch kann ich nicht genug über mein eigen Schickſal weinen.

Arſ. Weinen? Der leerſte elendeſte Troſt im Unglück.

Amynt. Foderſt du mein Blut? Hier iſt es.

Arſ. Wohlan! ſo räche deinen Bruder!

Amynt. Sieh! mit Freuden wird es aus diesen Adern fließen.

Arf. Nicht dieses Blut fodere ich; ich fodre das Blut des Verbrechers. Dieser ist dir längst bekannt.

Amynt. Der Irrthum des Agathokles ist mir bekannt, nicht sein Laster.

Arf. Der Mord des Bruders ist dir bekannt, und du kennst kein Laster?

Amynt. Ist in dieser That ein Verbrechen, so ist es das Verbrechen des Himmels selbst. Agathokles trägt das Laster des Schicksales.

Arf. Dies ist der Beweis deiner Liebe, Undankbarer!

Amynt. Mutter! laß den Unschuldigen leben, oder du hast einen ungehorsamen Sohn.

Arf. So hast du mich vergessen! du hängst dem an, der mich hasset, du bist der Gefährde, der Beschützer der Mordthat! du bist — der Mörder selbst. Ah! so weit stoßest du aus deinem Herzen deine Mutter, deinen Bruder? So, Undankbarer, so ziehest du die Natur gänzlich aus? Aber sieh! diese deine feige

Hand, diese entartete Seele soll die edelste der Thaten anstaunen. Nein, so bleib ich nicht ungeråchet! Bald, bald wird ein Edler das große Werk, zu dem du dich nicht wagest, verrichten! Ich werde ihn belohnen: er heiſe mein Rächer — und — mein Sohn.

9.
Amyntas.

Amynt. Du bist verloren, Freund! noch einen Augenblick und du stürzest in den Abgrund. Sie treffen, sie treffen dich gewiß, die Pfeile ihrer Wuth! Und ich, ich soll das leiden! Ihr Himmel! nein! Ich will alles bewegen; ich rette ihn, oder sterbe! Aber kühn zur That, die Sache eilt — geschwind, was thu ich? Ich war heute der Gefährde des Agathokles, als er die unbekannte Beute dem Bruder nahm. Ich bin der einzige Zeug der That, der übrig ist. Genug für einen Bruder, der liebt. Hier ist die unauslöschbare Gluth! die Liebe ruft; sie feuert mich an zum kühnsten Unternehmen! Ich hör ihre Stimme. Wohlan! Ihr wilder Haß wird sich bald brechen; bald wird sie nicht mehr ihren Sohn zu rächen wunschen. Gewagt! so muß ich dem theuren Freunde beystehen. Er wird leben, und ich, ich werde zwar sterben, aber Agathokles wird leben. O Freundschaft! O Liebe! befeure meinen Muth und lenke die That.

Dritter Aufzug.

I.

Lys. Agath. Med.

Lys. Unentschlossenheit quält mein Herz. Was soll ich thun! die Tapferkeit fodert Belohnung; das Laster Strafe. Ich kann dich nicht gänzlich hassen, und wie kann ich dich lieben? Rede: gesteh oder widerlege dein Laster.

Agath. Wenn das, was ich schon gesagt, keinen Glauben verdient; so ist mir nichts übrig, als daß ich schweige, seufze, und sterbe. Gestatte mir dies, mein Vater: schlägst du mirs ab; sieh, diese Hand, die mich zu einem Verbrecher, zu einem Elenden macht, wird einen Weg finden; der Tod wird ein erdichtetes Laster auslöschen können.

Lyſim. Du ſollſt ſterben. Das Leben zwar und das Reich gabſt du mir wieder, und haſt mich geråchet; allein der herrliche Namen ſo vieler Helden, den du beflecfteſt, der Koͤnigsſtamm, den du mit dem Blute des Bruders beſpruͤtzeſt, verdammen dich, und fodern Rache. Du ſollſt ſterben. Haͤtte ich dich nicht geboren, oder nicht als einen Verbrecher! Es iſt nicht gewiß? Ein verdaͤchtiger Sohn iſt ein Laſter des Vaters. Ich entſage dem ſchaͤndlichen Namen. Lieber kein Vater, als ein ſchandbefleckter.

Agath. Wozu die leeren Drohworte? Ich bin bereit. Liebſt du mich? So verdiene ich den Tod; ich verdiene ihn, weil ich darum bitte. Liebſt du mich nicht? So verdiene ich ihn noch mehr. Toͤdte mich.

Lyſ. Hartes Schickſal! du hatteſt den Tod beyder Soͤhne und den Untergang meines Hauſes beſtimmt! Mußte der Bruder durch das Laſter des Bruders, und der Sohn durch die Hand des Vaters ſterben! Grauſame Goͤtter! Hattet ihr keine Donner mehr! Konntet ihr nicht zwiſchen den feindlichen Waffen auf den verbrannten Stätten unter den Trümmern des Reichs mein ganzes Haus begraben! Ha! eure Wuth war träg und ohnmächtig, um die schrecklichsten Streiche auszuführen; der Vater mußte euch wider die Seinigen und wider sich selbst die blutige Hand leihen! Amyntas — wie heftig —

2.

Amyntas, die Vorigen.

Amynt. Ich bringe eine Nachricht, die dir alle Zweifel benehmen und dein Herz erleichtern soll. Mir ist der ganze Vorgang der Sache bekannt.

Lys. Rede.

Amynt. Ich muß es dir allein ohne Beyseyn eines andern entdecken.

Agath. Ohne mich?

Amynt. Erlaube es, ich bitte dich.

Lys. Entferne dich, Agathokles.

Agath. Freund, du stoßest deinen Agathokles von dir? Du setzest Verdacht in meine Treue? Warum?

Lysimachus.

Lys. Genug, mein Sohn, ich befehle es.

Agath. Ich gehe, Amyntas! jetzt kannst du sicher reden.

3.
Lysim. Amynt.

Amynt. Hieher deine Donner, König! hier über dieses Haupt breche dein Zorn aus! sieh! ich bin der Brudermörder. Vergebens zweifelst du: dein Agathokles ist aller Schuld frey. Amyntas ist der Verbrecher.

Lys. Du der Verbrecher?

Amynt. Durch diese Hand fiel Seleucus; ich kannte ihn und suchte ihn.

Lys. Du kanntest ihn?

Amynt. Die Wuth riß mich dahin. Ich konnte seinen wilden Stolz nicht mehr ertragen; dem, der mich durch Beschimpfungen demüthigte und mit Haß verfolgte, dem legte ich mit gleichem Hasse sichere Schlingen; er warb meine Beute.

Lys. Der Bruder wider den Bruder.

Amynt. Ich hörte, daß Seleucus in gethischer Kleidung und seine Schaar in feindlicher Rüstung hinausgegangen sey, bequemer, sicherer Zeitpunkt zur List, dachte ich. Ich floh ins Lager. Kurz: schwach bedeckt begegnete er mir; ich ließ mich von der Wuth ergreifen, spornte meine Gefährten an, die von der Sache nichts wußten: wir schlagen uns, er fällt unter meinem Schwerdte.

Lys. Meineidiger, verdammter Verräther! du kanntest deinen Bruder, und er fiel unter deinem Schwerdte! Und die Erde verschlinget nicht dieses Ungeheuer der Hölle! Ha Furie! du verwickelst noch den Agathokles in dein schreckliches Laster.

Amynt. Er ist rein vom Laster und weis nichts von Nachstellung.

Lys. Warum nahm er denn die Beute?

Amynt. Er sah mich kämpfen, und dem Seleucus den letzten Streich versetzen: er hielt ihn für einen Thracier, wollte Theil an dem Ruhm haben, und beschleunigte mit dem Schwerdt seinen Tod; hierauf nahm er sich die Beute; ich widersetzte mich nicht, damit nicht die allzugroße Sorge das Laster zu verhüllen, ihm dasselbe entdeckte.

Lysimachus.

Lyſ. Warum ſetzeſt du ſo lange den Agathokles der Gefahr aus? Böſewicht! es iſt dir ein Spiel den Bruder zu ermorden? du wollteſt mit deinem Bruder auch noch deinen Freund aufopfern?

Amynt. Nein, ſo weit gieng meine Wuth nicht.

Lyſ. Unbegrenzter Zorn ergreift mich; ich bin meiner nicht mehr mächtig.

Amynt. Ich ſchwieg, ſo lang ich mein Laſter verbergen oder Verzeihung hoffen konnte. Itzt da Agathokles unſchuldig ſtirbt, und ſchweigend meine Schuld trägt, ſo gehe ich mit Luſt dem Tod entgegen. Dieſes Herz zittert, bebt, dieſes gegen den Bruder grauſame unmenſchliche Herz. Nur bey dem Tode des Bruders wird es erweicht. Ich habe den Bruder getödtet, ich fodre den Tod. Schlag mir meine Bitte nicht ab: hier iſt die Bruſt: bezeichne die Wunde, durch die ich ſterben ſoll; wie du mich auch tödteſt, ich habe einen grauſamen Tod verdient.

Lyſ. Du ſtelleſt dich unerſchrocken und begierig nach dem Tode: ich will deine Begierde sättigen. Zweifle nicht, bald wirst du das ganze Verbrechen büsen, Treuloser, Brudermörder, Mordfackel meines Hauses! Weg mit dem Ungeheuer. Wache! bewahret ihn hier in der Nähe. Medon, ich muß die Königinn sprechen.

4.

Lysimachus.

Lys. Itzt, meine Seele, itzt, zu was entschließest du dich? Oder wohin soll mein Zorn ausbrechen? Todt ist der Sohn; sein Schatten fodert ein würdiges Opfer. Ist Agathokles der Schuldige? oder Amyntas? Wohlan! welchen soll ich dem Tod übergeben? Ah! beyde sind meine Söhne. Als Vater lieb ich den Agathokles, als Gemahl den Amyntas. Gemahl, Vater, welcher soll sterben? Welchen von diesen Namen soll ich entheiligen? Wo ich den Dolch ansetze, da fließt mein eigenes Blut, oder ein Blut, das mit dem meinigen vermischet ist. Ah! wär mein Feind ein Fremder! ich wollte mich mit seinem Blute laben, ich wollte ihm mit dieser Hand aus dem tiefsten Winkel seines Herzens die teuflische Seele herausreissen. Aber
hier

hier in diesem Schoose, in dieser Brust ist der
Feind, hierdurch muß ich auf ihn zustoßen:
hier, hier ist die Rache gewiß, oder ich bleib
ungeråchet! Ah! harte Rache! aber keine Rache ist tödtender! Natur! Schmerz! wo treibt
ihr mich hin? Natur! du rufst um Rache,
und gebietest Liebe; du erstickest meinen Muth,
indem du ihn entzündest. Du håltst meinen
Arm zurück, indem du ihn zur Rache reitzest.
Schweig, oder laß das ganze Ungewitter, das
du in meiner Seele weckest, losbrechen. Nein,
halt zurück! Söhne! Gemahlinn! Götter!
Natur! Ich bin ein Elender, geråchet oder
nicht geråchet! Ich will ein Elender seyn, aber
ich will mich råchen. Warum verweil ich? Wor-
an zweifle ich noch? Wer immer eines solchen
Lasters schuldig ist, oder welches eins und dasselbe ist, sich schuldig stellet, verdient den Tod.
Amyntas sterbe!

5.

Lys. Arf. Phåd. Med.

Lys. Bist du noch immer unerbittlich?
Arf. Wirst du dich nicht bewegen lassen?

Lyſ. Rühren dich nicht die Verdienſte des Schuldigen? Du willſt ihn tödten?

Arſ. Rührt dich nicht das Schickſal des Unſchuldigen — ſein Blut, das vor deinen Füßen ſtrömet? Du verweileſt noch? Wer das Laſter langſam rächet, ſpricht den Verbrecher frey.

Lyſ. Und wer die Rache übereilt, drückt oft den Unſchuldigen.

Arſ. Der Richter unterbrückt den Unſchuldigen, der ſich weigert und fürchtet ihn zu rächen.

Lyſ. So ſoll denn der Verbrecher ſterben? Du willſt? Wohlan! Noch hab ich nicht wie du glaubſt den Gedanken: Vater, aus dieſer Seele gänzlich verbannet; mein Sohn ſchwebt mir noch immer vor den Augen, und zeigt mir die ſchwarzen Höhlen ſeiner Wunden, und die zerriſſenen Glieder. Ich werde ſein Rächer ſeyn, und heute noch.

Arſ. Welcher Gott gab dir den würdigen Gedanken ein?

Lyſ. Der, welcher das Laſter begieng, der ſelbſt hat es frey geſtanden. Der Rächer und

Richter verdammen ihn zum verdienten Tode, und der Gemahl wird ihn vollziehen.

Arf. Ich habe einen Rächer gefunden; genug für mich, und für dich, mein Sohn! Aber welcher Irrthum verwirret mich?

Lyf. Hier ist kein Irrthum. Genug hab ich der Liebe nachgegeben; itzt füllet Haß meinen ganzen Sinn. Ohne Grenzen war meine Liebe; ohne Grenzen sey mein Haß. Sein Tod ist beschlossen; wähle die Todesart. Sprich du allein das Urtheil. Wache bringe den Verbrecher hieher. Nun, bin ich ein Richter? Spreche ich Missethäter durch langsame Rache vom Laster frey?

Arf. So wird auf einmal der Vater den süßen Namen eines Vaters ablegen? Das wird er nicht thun.

Lyf. Damit ich nicht zaudere, so thue du es selbst. Die Strafe des Verbrechers, und die Rache des Sohns, alles hängt von dir ab. Richte — sieh, hier ist der Schuldige.

Arf. Ich sehe den Amyntas!

Lyf. Du, du brich den Blutstab. Du bist Gemahlinn und Mutter, räche deinen Mann und deinen Sohn. Lege Schwachheit und Furcht ab. Ungehindert breche deine Wuth aus. Ich widersetze mich keinesweges; ich befehle es. Nenn mich wild, grausam. Das ist ein Geringes, Seleucus ist todt; er muß gerächet werden; ich gab mein Wort, ich werde es halten — oder — du siehst wer ich bin: du kannst dich nun prüfen, wer du bist.

6.

Arſ. Amynt. Phäd. Medon.

Amynt. Hier bin ich, mein Vater!

Arſ. Wache ich? Träume ich?

Amynt. Ich bin die Unehre des königlichen Hauses, der Schandflecken der Meinigen.

Arſ. O Qual! ich sehe meinen Sohn? Wo bin ich? Agathokles unschuldig, und Amyntas der Verbrecher! Bösewicht! gieb nun den Feind oder den Bruder zurück! warum raubst du mir beyde, und willst der Verbrecher seyn?

Amynt. Der König weiß alles; vergebens werden Worte oder Thränen unnützen Aufschub machen. Ich bin derjenige, den du fürchtst und suchest.

Arſ. Ach! es iſt zu offenbar; wer ſich nicht ſcheut, ſich als den Mörder zu bekennen, der hat ſich auch nicht geſcheut die Mordthat zu begehen. Aber wie hat Seleucus deinen Haß verdient? Er ward von denen, die ihn geboren, geliebet? Wenn in der Liebe ein Verbrechen war, ſo war es nicht das Verbrechen deſſen, der geliebt wurde. Es war das Verbrechen ſeines Vaters, das Verbrechen ſeiner Mutter. Hier, hier in dieſem Buſen lebte Seleucus, hier hätte ihn dein Dolch ſuchen ſollen. Mit dieſem Leben, mit dieſem Blute hätte ſich deine Wuth ſättigen ſollen, Unmenſch. Entweder hätte ich allein ſollen ſterben, oder vor meinem Sohne. Mußte ich zu dieſen ſchrecklichen Schmerzen aufbewahrt werden! ich unglückliche Mutter habe keinen andern Sohn mehr, als einen Brudermörder! Wohlan! fahr fort, ſättige ganz deinen raſenden Blutdurſt; ſtürz deine Mutter über die Leiche deines Bruders hin: du genießeſt erſt einen Theil deines Laſters. Wag es, vollende die That;

stoß das vom Blut meines Sohns triefende Schwerdt in das mütterliche Herz, hier in dieses Herz, das dir das Leben gab.

Amynt. Vielmehr, o meine Mutter, nimm hier die Gabe, die ich von dir empfieng, wieder zurücke, von welcher Seite du willst, durchbohr mein Herz; ich bin ganz strafbar. Warum zittert deine Hand zurück? Du suchest das Opfer, ich den, der es schlachtet; beyde sind beysammen; dieses Schwerdt wird unsern Schmerzen zugleich ein Ende machen; durch dieses ward die That begangen; durch dieses werde sie gerächet! –

Urs. Ich bedarf keines Schwerdtes; es ist Wuth genug in meiner Seele, um meinen Feind zu verderben, zu vernichtigen; aber ist der Feind nicht mein Sohn? Soll ich dein Blut vergießen? Es ist mein Blut. Soll ich dein Herz durchbohren? Ah! es ist mein Herz, mein eigenes Herz! was du mir darbiethst, ist mein. Zeige mir einen Platz an meinem Feinde, der nicht mein ist, den ich durchbohren kann, ohne daß ich vor Schmerzen sterbe.

Amynt. Stoß zu, wohin du willst, du wirst an mir nichts von dem Deinigen entweihen. Das Blut, das itzt in diesen Adern wallt, ist nicht jenes reine, jenes unschuldige, ruhmvolle Blut der Könige, das ehemals aus dem Schoos der Mutter in dieses Herz floß. Es ist verderbt durch Haß, durch Wuth, durch den Brudermord, durch das entsetzlichste Laster. Dieses Blut gehöret einem Meineydigen, einem Feinde, einem Frembling, mir!

Arſ. Ich kenn' es und betrachte es als ein solches; und auch als ein solches lieb ich es. Mein Sohn! o süßer, mächtiger Name! trägt ihn auch ein Feind.

Amynt. Diesen Namen trug mein Bruder; diesen hast du nicht geliebt, liebst ihn nicht; wenn du mich nicht hassest.

Arſ. Bin ich Mutter, wenn ich meinen Sohn hassen kann?

Amynt. Du bist nicht Mutter, wenn du den Sohnsmörder lieben kannst.

Arſ. Doppelt unglückliche Mutter! w- ſich auch haſſen will, ſo lieb ich dennoch m dem ganzen Herzen. Nicht genug lieb ich m nen Sohn, um ihn zu rächen, zu viel, um ihn nicht zu rächen. Ungeheuer, damit ich haffen kann, leihe mir diese Seele, dieses dein Herz, das so viel Haß faſſet, dieses eiserne diamantne Herz.

Amynt. Du zauderst noch? Iſt es nicht genug, daß ich den Mord begieng; soll ich mich noch darüber freuen, mich rühmen? Wenn du mich dann haſſen kannſt, wenn du es willſt, wohlan, ich thu es!

Arſ. Du haſt überwunden, wilde unmenſchliche Seele; die Fackel deiner Wuth hat mein Herz entflammt. Hier brennts; ich haſſe dich: ich fühls: zu wenig: ich verfluche dich! weich! ich werde Rache nehmen für mich und für meinen Sohn!

8.

Arſ. Phäd.

Arſ. Wohin bin ich gebracht! wie viel Leiden drücken mein Herz!

Phäd. Wie sich dieses Gewitter verziehen wird, begreif ich nicht. Es droht; jedoch wenn sich meine Muthmaßungen nicht irren, so sind es nichts als Drohungen, und es wird bald heiter seyn.

Arſ. Kann es eine unglücklichere Mutter geben als ich bin? — Ich habe einen Sohn, der ein Mörder iſt — ach! das iſt noch das geringſte Unglück — ich liebe den Mörder! und — o Gipfel alles Unglücks! ich werde ihn erwürgen, oder ungerächet sein Laſter ertragen.

Phäd. Ja du biſt unglücklich, wenn er die Wahrheit redet; allein das mit so vielem Gepränge verübte Laſter, so wahrscheinlich es auch iſt, iſt doch erdichtet, und ich halte dafür, daß es nichts als Liſt sey. Er liebt den Agathokles; und wer die Gewalt der Liebe empfindet, fürchtet nichts: er giebt freywillig sein Leben hin: er trotzet der Wuth des Schickſals, und er macht sichs zur Ehre, die Schande seines Freundes über sich zu nehmen.

Arſ. So viel sollte er wagen? Es iſt ein entsetzliches Laſter, sich laſterhaft stellen. Aber er iſt mein Sohn, die einzige Hoffnung, die mir unglücklichen Mutter übrig iſt. Er hat ein wildes undankbares Herz, aber er iſt der meinige; ich will dem König den Betrug entdecken; ich will ihn erhalten; ich muß ihn erhalten.

Vierter Aufzug.

I.

Agath, Medon, Soldaten.

Med. Der König berufet dich und den Amyntas zugleich hieher.

Agath. Und den Amyntas zugleich? Medon, ist das gewiß?

Med. Ich rede die Wahrheit.

Agath. So hat er also kein Geheimniß mehr? Meine Gegenwart hindert ihn nicht mehr? Ich bin ihm endlich nicht mehr verdächtig. Wohl.

Med. Zuvor warst du mit Recht in Verdacht, aber jetzt nicht mehr.

Agath. Mit welchem Rechte habe ich es zuvor seyn können?

Med. Mit welchem Rechte? Seleucus liegt ermordet; der Urheber seines Todes war unbekannt; du kommst als Sieger zurück, und bringst selbst die erbeuteten Siegeszeichen des gethischen Königs; hier erkennt der Vater die Waffen seines Sohns, und hält dich ganz natürlich für den Thäter.

Agath. Das ist es, was mir ins Herz greift, das mir so tief die Seele durchbohrt. Ich klage nicht über den Vater, aber über meinen Freund.

Med. Nenn ihn einen grausamen, einen Unmenschen, deinen Feind.

Agath. Ihr Götter! nein, ihr könnt es nicht zulassen! Tödte er mich auch, hasse er mich; ich werde ihn ewig lieben. Aber, Freund! ist dies deine Treue? schändest du so die Rechte der Liebe?

Med. Dies ist zu wenig. Er hat engere Bande zerrissen, er zog die Natur aus, haßte sein eignes Blut, und ermordete den Bruder.

Agath. Du spottest.

Med. Du selbst, du höre auf uns zu spotten; ich weis, daß du unschuldig bist, es ist alles am Tage; du hast keinen Theil an der That. Das ganze Verbrechen liegt auf dem Amyntas.

Agath. Schweig, Medon, ich bitte dich; dein Scherz verbittert meine Leiden.

Med. Hier ist kein Scherz; ich hab es gesehen: Amyntas hat sein Verbrechen öffentlich bekennt, und dich von aller Schuld losgesprochen. Der König glaubt ihm, und bereitet ihm schon den Tod.

Agath. Amyntas! Gott! was muthmaßte ich! O Liebe! zu was bringst du nicht den, dessen Herz du besiegest. Medon! alles was Amyntas ausgesagt, ist erdichtet; der König glaubet kein Wort; durch diese Hand fiel Seleucus; Amyntas war ein Zeuge der That aber nicht der Urheber.

Med. Ich erstaune. Doch laß alles erdichtet seyn, er ist dem Tode gewidmet; nenne du es eine List der Liebe, wie du willst, du wirst keinen Glauben finden. Alles, was Amyntas sagte, hörte der Vater begierig. Irrthum oder nicht; wenn er nur seinen Sohn rettet, so ists ein glücklicher Irrthum!

Agath. Wehe mir!

Med. Laß den sterben, der sterben will; was schadest du dem, der will? Das Glück ist dir günstig; schicke dich in die Zeit.

Agath. Hältst du mich für einen Rasenden, daß du mir solchen Rath giebst?

Med. Ist es billig, daß der einzige Retter des Vaterlandes, der Beschützer des königlichen Hauses und die Hoffnung des ganzen Volks dahin sinke, und elend sterbe? Nein, es werden sich die Stimmen aller Menschen erheben; Herr! die allgemeine Wohlfahrt hat Anspruch auf dein Leben; schenke dich dem Vaterlande; wie? du willst eines schändlichen Todes sterben?

Agath. Ich soll die schändlichste That begehen? Weg, und —

Med. Hier ist Amyntas.

Agath. Medon laß mich ihn allein sprechen.

Med. Wache! gehe zurück.

———

2.

Agathoklea, Amyntas.

Agath. Ach! wer verwickelt dich in mein Verbrechen, mein Bruder? wohin wirst du gerissen?

Amynt. In den Tod als der Schuldige.

Agath. Als der Schuldige der an der Treue seines Freundes zweifeln konnte.

Amynt. Ja der selbst ist der Schuldige, dessen Treue dem Agathokles zweifelhaft scheinen konnte.

Agath. Wen nur die Freundschaft zum Verbrecher macht, der ist kein Verbrecher.

Amynt. Freunde richtet allein die Freundschaft; wen diese zum Schuldigen macht, den kann kein Richter in der Welt frey sprechen. Dies ist sein Richterstuhl, sonst kennt er keine Rechte.

Agath. Du hast aber nichts verschuldet.

Amynt. Wie du, Agathokles.

Agath. Wenn wir beyde gleich ohne Schuld sind, warum willst du sterben?

Lysimachus.

Amynt. Das fordert die Billigkeit; wen immer der König tödtet, der stirbt unschuldig. Ich kann das Verbrechen nicht heben, aber mindern kann ich es. An seinem Sohn würde der Vater ein grösseres Verbrechen begehen; an mir begeht er ein geringeres.

Agath. Aber wenn du auch stirbst, ohne mich kannst du nicht sterben.

Amynt. Doch vor dir.

Agath. Ich werde dir folgen.

Amynt. Ich gehe vor.

Agath. Ach! das heißt das Leben verschwenden, wenn man durch seinen Tod nichts nützen kann.

Amynt. Der fürchtet den Tod, der zweifelt, dem vorzugehen, den er nicht vom Tode retten kann. Aber wenn ich jemals deine Liebe verdient habe; so höre meine Bitte: Lebe. Das ist die einzige Belohnung, die ich für mein Leben fordere, das ich für das deinige hingebe; ertrag das Leben, wie Amyntas den Tod erträgt.

Agath. Ha! du schämst dich nicht für mich, nicht für dich: ich soll mein Leben durch ein neues Laster erkaufen, ich soll dich mit einem fremden Laster beflecken! Welche blinde Wuth bringt dich so weit?

Amynt. Ich sterbe zweymal, wenn du stirbst.

Agath. Und du entreißest mir durch deinen Tod ein zweifaches Leben.!

Amynt. Ha! wie stolz werd ich fallen, wenn ich für dich sterbe. Vergönne, mein Freund, o vergönne mir diesen Ruhm.

Agath. Ich werde als ein Verbrecher leben, wenn ich durch deinen Tod lebe. Freund! mit diesen Schandflecken willst du mich bedecken?

Amynt. Bedeckt dich der mit Schande, der dich von einer Lasterthat befreyet?

Agath. Mißgönnt dir derjenige deinen Ruhm, der deine Unschuld entdecket?

Amynt. Du mißgönnst mir Ehre und Ruhm: Du willst sterben, ich soll leben.

Agath. Du bedeckest mich mit Schande, indem du stirbst, und mich leben heißest.

Amynt. Agathokles! du bist meine ganze Seele!

Agath.

Lysimachus.

Agath. Du allein bist mein Leben.

Amynt. Leb allein und es wird mehr seyn als Leben.

Agath. Ich kann nicht allein leben, aber allein sterben.

Amynt. Man schreibe diese Worte auf mein Grabmal: Amyntas gab seine Tage dem Agathokles.

Agath. Laß mich diese von so vielen Uebeln niedergedrückte Seele aushauchen; ach, sie ergieße sich ganz in deinen Busen, und die ganze Welt sage: in dem Schose des Amyntas lebt Agathokles.

3.

Agath. Amynt. Medon.

Med. Prinzen, brechet ab, die Königinn wird sogleich hier seyn.

Agath. Gerechtigkeit! wenn eine die Himmel bewohnet, dich heilige Gottheit ruf ich um Beystand an.

Amynt. Und dich Freundschaft, dich Liebe! mächtigste der unsterblichen Gottheiten, dich fleht Amyntas an, unterstütze mein Unternehmen und gieb Kraft meinem Muth.

4.

Arsinoe, Agath. Amynt. Medon.

Arf. Was soll hier der blutige Feind?

Amynt. Nennst du mich, meine Mutter, oder einen andern?

Agath. Mir, mir allein gehört dieser Name.

Arf. Er gehört beyden. Einer ist der Feind, der andere will es seyn. Grausamer, warum verführst du durch Betrug das Herz eines Freundes, daß er den Sohn ausziehe, und sich das Laster zur Ehre mache. Hast du dich nicht am Blute des Bruders gesättigt? Beneidest du der Mutter auch diesen Sohn? Hast du zu wenig Wuth an dem einen ausgeübt?

Agath. Bisher kanntest du den Agathokles nicht. Von nun an sollst du ihn ganz kennen. Du hältst ihn für deinen Feind? sieh wer ich bin. So sehr Amyntas sich lasterhaft machet; es ist nichts als Verstellung; er ist unschuldig.

Amynt. Ach, wenn ich es wäre, meine Mutter!

Arſ. Ich habe die unsinnige List schon eingesehen. Bösewicht! warum besudelst du dich freywillig mit dieser Schande? Ist es eine so große Sache, einen Freund zu schützen, wenn er ein Verbrecher ist? kennst du keine wichtigere Rechte? du achtest für nichts den Namen eines Bruders, den Namen eines Sohns? Geh endlich in dich zurücke, da die Sache noch nicht verdorben ist.

Amynt. Agathokles soll unschuldig mein Laster büssen; ich soll den Preis des Lasters davon tragen, ich soll die Beute einer doppelten Mordthat an dem Bruder und dem Freunde genießen! Du kannst solche Lasterthaten befehlen?

Arſ. Ich befehle Lasterthaten? Ha! bald sollst du wissen wer ich bin. Du erbitterst mich, Undankbarer! du ziehst die Natur aus.

Agath. Königinn! Amyntas ist dein; diesen gebe ich dir lebend, unverletzt. Wider mein Wissen raubt ich dir den Seleucus. Wissentlich und von freyen Stücken erhalte ich dir den Amyntas. Was erfolgt, ist leicht: der Tod. Mit Freuden sterbe ich dir und dem Bruder, und das falsche Verbrechen des Amyntas lösche ich mit dem Tode aus.

5.

Die vorigen. Lysimachus, Cassander.

Lys. Ist das Verbrechen des Amyntas genugsam am Tage? Welche Strafe bestimmst du ihm? Was hast du beschlossen?

Arf. Den Tod.

Lys. Die Schuld verdient diese Strafe. Dir ist die Rache überlassen.

Arf. Und warum sollte ich länger den Tod verschieben? Dir bin ich beschwerlich, dem Agathokles verhaßt, und dem Sohne verächtlich.

Lys. Und du lebst noch, Opfer des Abgrunds? Auch der Vater kann es dulden!

Agath. Dieser, mein Vater, hat die That nicht geübet; er konnte nicht einmal. Er hintergeht dich.

Lysimachus.

Lys. Welcher verstellt sich denn als den Verbrecher? und welcher ist es? Amyntas? mein Sohn? welcher ist der Unschuldige? Wohlan, ihr schweiget? so weit ist eure Seele von ihrer Würde gähling herab gefallen, daß ihr alle Schaam vergesset, nach der Ehre eines Lasters strebet, euch der Unschuld schämet, damit ihr nicht den Verbrecher anzeigen müsset?

Amynt. Sieh, ich zeige ihn an.

Agath. Hier ist er, mein Vater.

Amynt. Ich bin der Mörder.

Agath. Er ist es nicht, mein Vater.

Lys. Bist du entschlossen zu sterben, so widerlege diesen, beweise die That.

Arf. Die Beute beweiset sie; was sind Worte nöthig?

Lys. Seine Unschuld beweiset der Zeuge, der Gefährde der That, und der Urheber Amyntas.

Arf. Er macht das Laster freywillig zu seinem Laster, es kann also nicht das seinige seyn. Ein Verbrecher bekennet seine Schuld nicht; er hasset das Licht, und sucht immer Finsternisse.

Agath. Der Freundschaft ist diese List nicht neu; der Freund übernimmt unschuldig die Schuld seines Freundes.

Lys. Was antwortest du hierauf, Amyntas?

Amynt. Ich allein haßte den Seleucus, ich konnte ihn also allein umbringen, und dies ist kein neues Laster.

Agath. Man kennt zur Gnüge die Liebe des Amyntas gegen mich, um die List einzusehen.

Amynt. Man kennt auch zur Gnüge den Haß gegen den Seleucus, um den Mörder zu erkennen.

Agath. Wer so lieben kann, scheuet nichts.

Amynt. Und wer so hassen kann, fürchtet auch nichts.

Agath. Sein Laster ist die Freundschaft.

Amynt. Der Haß ist mein Verbrechen.

Arf. Du schwiegst doch, so lang die Mordthat des Agathokles verborgen war.

Agath. Dein ganzes Laster entstund aus der Gefahr meines Lebens.

Amynt. Aber in diese Gefahr stürzte dich meine Wuth gegen den Bruder, stürzte dich dieser Arm.

Agath. Du wärest kein Verbrecher, wär ich nicht unglücklich.

Amynt. Du wärest nicht unglücklich, wäre ich kein Verbrecher. Nun liegt ein doppeltes Laster auf meinem Haupt. Ich begieng das Laster und verschwieg es. Und dieses ist nicht geringer als jenes. Durch das erste fiel der Bruder, und durch das zwepte gieng fast mein Freund zu Grunde. Was der erzürnte Arm that, läßt sich nicht mehr zurückrufen; erlaubet mir zum wenigsten dasjenige, was ich durch Stillschweigen verbrochen, zu bereuen, und die Mordthat, die ich verborgen hielt, an den Tag zu bringen.

Lys. Hat er dich nicht wider deinen Willen gereitzet, den Befehl des Vaters zu übertreten?

Agath. Ich gesteh es.

Amynt. Hab ich nicht, so bald wir zum feindlichen Heer gelangten, der erste den vom Heer getrennten Bruder entdecket?

Agath. Ich gesteh es.

Amynt. Hab ich ihn nicht gezeigt, und für den König der Geten ausgegeben.

Agath. Auch das ist wahr.

Amynt. Ich fiel ihn der erste an und durchbohrt ihm das Herz.

Agath. Nein, du hast ihn nicht berührt, diese That ist ganz mein.

Amynt. Dagegen zeuge ich bey allem, was Wahrheit ist: ich habe den Seleucus erwürget.

Arſ. Ah! ich bitte dich, laß dich nicht von den Worten eines Liebenden hintergehen.

Lyſ. Ich bin der Umschweife müde. Hervor aus der Finsterniß, Mörder! deine Wuth breche öffentlich aus, zeige die blitzende Stirne des Feindes. Wohlan, Vatermörder! wer es ist, wer den Bruder ermordet, der erhebe seine Hand gegen den Vater. Was verweilest du feiger? Zuvor hättest du dich scheuen sollen, itzt sey unverschämt. Rede, ich bitte, ich befehle es zum letztenmal. Du bist der Verbrecher Amyntas?

Amynt. Ich bin es.

Lyſ. Du forderſt den Tod?

Amynt. Ich bitte.

Lyſ. Du wirſt ſterben.

Arſ. Und wer iſt Agathokles?

Agath. Der Schuldige.

Arſ. Haſt du den Bruder ermordet?

Agath. Ganz allein.

Arſ. Und die Mordthat wird der Vater ungeſtraft laſſen?

Lyſ. Nimmermehr. Ward dir Seleucus unbekannt oder kannteſt du ihn?

Amynt. Sieh, dieſe blutige Hand ſtieß mit Sicherheit das Schwerdt in die bekannte Bruſt.

Arſ. Meineydiger!

Agath. Ich hab ihn umgebracht, mein Vater.

Lyſ. Aber das feindliche Kleid brachte dich in den Irrthum.

Agath. Ich hab ihn umgebracht.

Lyſ. Aber unwiſſend, unvorſichtig. Keine Wuth, kein Haß wider den Bruder riß dich zu dieſer Mordthat hin.

Agath Ich hab ihn umgebracht, dies ist genug, um des Todes schuldig zu seyn.

Lyf. Ungerathener Saame! Verfluchtes Geschlecht! so strebst du nach dem Beyspiele meiner Thaten! so tretet ihr in meine Fußstapfen! Welcher Theil meines Lebens, welcher unter meinen Siegen lehrte euch solche ungeheuere Laster? So, so fahret fort, zeigt die edle Seele durch solche Thaten! Krönt meinen Ruhm; thut Thaten, deren sich die Väter freuen können. Ha! sehst, meine Väter, nach einem so herrlichen, eures Stammes würdigen Tod strömen die Wünsche eurer Enkel! Ah! die letzte Zierde so vieler Helden wünscht durch ein Laster zu sterben, und unter der schändlichen Hand des Henkers sein Blut zu vergießen. Beyde wünschen es? beyde sind schuldig? Wohlan beyde sollen sterben.

Arf. Amyntas soll sterben? warum? Daß er seinen Freund zu sehr liebet, ihm Treue hält, und sich freywillig in eine fremde Schuld verwickelt? So rächest du mich — dich! Ha, eine gerechte Rache!

Lysimachus.

Agath. Ich habe allein die Rache verdient, allein bin ich des Todes schuldig. O mein Vater, laß der Königinn zum wenigsten einen Gegenstand ihrer Liebe, der, bey dessen Anblick sie sich erinnert, Mutter zu seyn.

Amynt. Wo wird das Reich hin versinken? Welche Hand wird des Zepters würdig seyn? Wenn dieser fällt, was ist von dir übrig?

Lys. So heiß ist der Wunsch nach dem Tod; es ist also beyden eine leichte Strafe, zu sterben. Ich bereite eine grausamere: ihr sollt leben.

Arf. Und so hältst du dein Wort das du gabst? So besänftigst du mit dem Blut des Verfluchten den irrenden Schatten? Indessen soll der Mörder der Götter spotten? Das soll ich leiden!

Lys. Und es soll dir und mir kein Trost, keine Stütze übrig seyn? Und blinde gähe Wuth soll dir und mir alles, alles in einem Augenblicke entreißen? Das erträgt mein Herz nicht. Doch sage, wen soll ich umbringen? befiehl!

Arſ. Den Schuldigen.

Lyſ. Zeig ihn.

Arſ. Er iſt ſchon genug bekannt.

Amynt. Sieh, dieſer Kopf wird allem ein Ende machen, wird Frieden geben: hau ihn ab. Nur entreiſſe dem Tode den unſchuldigen Sohn.

Arſ. Du hörſt nicht auf, verdammtes Haupt! Ungeheuer! Warum ſollt ich dich ferner Sohn nennen? Du biſt nicht mein Sohn. Geh itzt, wenn du willſt, ſtirb. Ah! ich ſchäme mich. Dieſer Seufzer beweißt, daß er der meinige iſt. Doch ich verfluche dich. Der Vater wüthet und der Sohn — ha! wider mich breche eure Wuth zugleich aus: Mich werden Hölle und Himmel rächen.

6.

Lyſ. Agath. Amynt. Caſſ. Charil.

Lyſ. Wie hart iſt es zu entſcheiden, da ich nicht entſcheiden kann, ohne unglücklich zu werden. Ich ſchaue dem Feinde ins Geſicht und ſehe ihn nicht. Was vor mir liegt, iſt mir verborgen. Jemehr er mit dem Laster pralet, desto listiger verdeckt er sich. Es ist kein Feind mehr übrig, kein Opfer für den Seleucus, weil es beyde sind.

Agath. Vater, wenn ich lebe —

Lys. Weichet von hier. Vater und Gemahlinn können hierinn nicht Schiedsrichter seyn.

7.

Lys. Cassand. Charilus.

Lys. Nun müßt ihr euerm Könige eure Treue beweisen, Männer. Du siehst, Charilus, welches Schicksal mich drücket, wie tief ich in den Abgrund des Unglücks gefallen bin.

Char. Ich seh es, aber es schmerzet mich, daß jedes Heilmittel noch schrecklicher ist als die Wunde.

Cass. Du bist im Zweifel, es ist ungewiß, wer der Schuldige sey: bediene dich dieser Ungewißheit: er lebe.

Lys. Ich habe mein Wort gegeben. Diese Erfüllung fodert meine Gemahlinn, Seleucus, die Götter, ich, ich selbst.

Char. Die Königinn und Seleucus fodern sie; aber die Gerechtigkeit und der Himmel fodern sie nicht. Er läßt ihn verborgen, er spricht ihn also frey.

Lyſ. Eh fall ich ſelbſt unter die Leichen meiner Söhne hin; eh ſtürz ich hinab in die tiefſten Abgründe der Erde, als daß ich dieſe Schande dulde. Ich will mich rächen, eh ſich der Tag neigt; es iſt beſchloſſen.

Caſſand. Du haſt es ſo beſchloſſen. Wohlan, ich habe einen Weg gefunden — wenn er deinen Beyfall findet. Man greife die Sache behutſam an. Ein jeder macht ſich die That eigen, um ſie von ſeinem Freunde zu entfernen. Liſt muß mit Liſt entdecket werden. Ich hinterbringe dem einen die Nachricht, daß ſein Bruder dem Tode geopfert ſey. Sieht er, daß alle Rettung ſeines Freundes verſchwunden, dann bitte ich ihn, daß er itzt die Larve ablege, und das begangene Laſter ganz ins Licht ſtelle. Hierauf muß der andere durch dieſelbe Worte, durch dieſelbe Liſt hintergangen werden. Kommen wir zum Zwecke, ſo iſt der Irrthum weg.

Lysimachus.

Ist diese List vergebens, so ist sie doch unschäd-
lich und sicher.

Lys. Wohlan, es geschehe also. Ich will
euch die Art und Weise des Verfahrens selbst
angeben, kommt, wendet alles dahin, die List
zu entdecken.

Fünfter Aufzug.

I.

Agathokles. Cassander.

Cass. Wo läßest du dich hinreissen?

Agath. Laß mich, ich muß zum König.

Cass. Es ist umsonst, kein Gott kann den
Amyntas mehr vom Tode retten.

Agath. Ich will es wagen.

Cass. Glaubst du, das Urtheil deines Vaters und des ganzen Hofes umzustoßen?

Agath. Aber wer kann es ertragen? Der
Unschuldige wird zum Tode verdammt, und
der Schuldige wird errettet.

Cass. Weit sey dieser Gedanke von dir.
Irrthum und Zweifel haben keinen Platz mehr.
Es ist nichts gewisser. Dies einzige bitt' ich

dich, gestehe es, dies ist der Befehl des Vaters, die Bitte des Hofs. Wohin du dich auch immer wendest, so wird nach der erkannten Wahrheit fortgeschritten.

Agath. Wenn sie in ihrem grausamen Unternehmen fortfahren, was wollen sie denn noch von mir? Was plagst du mich mit unnützen Bitten?

Cass. Damit die Mutter den Tod ihres Sohnes gelassener ertrage, und nicht die Richter beschuldige, daß sie ihren Sohn ungerechter Weise hinrichten. Gestehe nur, was schon am Tage ist.

Agath. Du redest einem Tauben zu. Die Stiefmutter klagt über Ungerechtigkeit, ich, ich selbst klage hierüber. Ich stelle mich meinem Vater hin. Es ist thörigt, länger das zu thun, was du vergebens thust. Ich laß mich länger nicht zurückhalten.

———————

2.

2.

Agath. Cass. Charilus.

Charilus. Der König verbiet den Zutritt, Prinz. Weiter kannst du nicht.

Agath. Charilus!

Char. Er will endlich die ganze Sache zum Ausgange bringen, und allen Aufenthalt, den du durch deine Bitten machen könntest, abschneiden.

Agath. Er befahl, mich so zurück zu stoßen? O laß mich Charilus!

Char. Es ist mir leid; allein den Befehl des Königs darf ich nicht übertreten.

Agath. Ich soll träg mit diesen Augen den Tod des Amyntas anschauen? Dies kann der Vater befehlen, und Gehorsam hoffen? — Aber ich werde doch noch einmal den Amyntas sprechen dörfen?

Char. Auch das ist verbothen.

Agath. Was ist das! Ich darf nicht zu meinem Freunde, nicht zu meinem Vater? Und soll nicht sterben? Vater! lieber den Tod! — Hüte dich, mich länger zurückzuhalten.

Charilus! wenn ich lebe, so bin ich König. Nicht ungestraft widersetzest du dich einem Gekrönten. Er ist fort. Ach! grausames Schicksal! wohin bringst du mich?

3.
Agath. Cassander.

Cass. Steh erhaben, und härte deinen Muth wider das Unglück.

Agath. Ich bitte dich, Cassander, eil, flieg zum Vater; bring ihm die Seufzer seines Sohns: erweiche durch Thränen das harte Herz: entweder erlange mir den Zutritt, oder —

Cass. Du machst dir vergebliche Hoffnung: gesteh, ob du der Verbrecher bist, ich gehorche dem Befehle.

Agath. Ach! was fragst du mich! du bist ein grausamer Mensch! — Ich bitte dich — wenn noch ein Funke der alten Liebe gegen mich in deiner Seele ist — durch diese Liebe bitt ich dich — dieses letzte Pfand der Liebe fodre ich: geh zum Vater.

Cass. Du zwingst mich; aber alle Mühe, alle Unternehmung ist vergebens.

Agath. Sey es — schenke deinem Freunde dieses geringen Trost.

Cass. Ich gehorche.

4.

Agathokles.

Agath. Er ist fort; genug: weg mit den Aufsehern. Die Liebe soll sich nun allein mit sich selbst beschäftigen. Sie allein soll mir zu Hülfe kommen. Amyntas; du überwindest, und eilst unschuldig für mich! in den Tod. Aber so sicher, wie du glaubst, ist dir der Sieg noch nicht. Es ist beschlossen; ich entreiß ihn dir — den schönen Tod, den diese Hand verdient, entreiß ich dir. Stirb, Agathokles, stirb! Nimm die Strafe selber, die dir Götter und Menschen versagten. Damit der Vater den Unschuldigen nicht würge, tödte den Schuldigen. So entziehest du dem blinden Laster den, der dir das Leben gab; so duldest du, was du verdienest, und entreißest vielleicht dem ungerechten Tod deinen Freund. Zum wenigsten kömmst du ihm vor. Stirb. Was wankest du noch? Verlassen, hoffnungslos? Was hilft das Leben einem Elenden, wenn sein Freund nicht mehr ist. Das Leben fodert meine That, mein Bruder, meine Stiefmutter: der Vater zwingt mich, die Liebe befiehlt: diesen gehorsame. Fehlt dir das Schwerdt: schon lange trägst du den Tod in diesem Ringe. Trinke das Gift — trink es gierig hinein. Ring! würdiges Geschenk! kostbares Band der Liebenden! kannst du diese nicht mehr vereinigen, trenne sie, und verbinde mich mit einem schönen Tode. Solches Bündniß steht dir Agathokles, dies allein kann einem Elenden gefallen. Wohlan, trag den Tod in jedes Glied, und senk ihn in das Mark der Beine. Ihr Mächte des Styx, und du Schatten meines Bruders, und du Stiefmutter, die du so sehr nach meinem Leben dürstest: euch weih ich meine Seele. Dieses Leben sey euch genug; es fließt nicht ganz durch eine Wunde. Ich sterbe eines langsamen Todes. Dieser lösche allen Irrthum, alles Verbrechen, wenn ich eines begieng. Und du, mein Vater, wo du immer bist, unwissend meiner Leiden: wenn dir —

5.

Agath. Phädima. Medon.

Med. Fürst! fliehe!

Phäd. Entweiche.

Agath. Und warum, Phädima.

Medon. Die Königinn eilt, fliegt hieher; blinde Wuth treibt sie; sie geht auf dich los.

Agath. Laßt uns ihr entgegen gehen.

Medon. Bleib zurück, mein Prinz, sie raset vor Zorn.

Phäd. Weiche dem gewaltsamen Anfalle einen Augenblick aus; der Zorn wird sich legen.

Agath. Befiehlst du? Soll ich fliehen?

Medon. Erhalte dein Leben.

Agath. Dein Rath kömmt zu spät.

Phäd. Laß ihn spät seyn. Ach! folge uns: ich bitte dich mit Zittern.

Agath. Ich suche den Tod, den du mir zu fliehen räthst.

Phäd. Ach! welch schreckliches Ungewitter, wenn du nicht fliehst.

Med. Die Königinn glaubt, ihr Sohn sey zum Tode verdammt, sie darf ihren Sohn nicht sprechen, sie sucht vergebens den Zutritt zum Könige; sie riß sich tobend aus dem Bette, und stürzt hieher.

Phäd. Du willst ihr entgegen gehn? Alles ist verloren. Was wagt eine Königinn, die vor Schmerzen ihrer nicht mächtig ist! eine verachtete Gattinn? eine ihres Kindes beraubte Mutter?

Agath. Ich verdiene das Leben nicht, dein Rath ist vergebens.

6.

Cassander. Die Vorigen.

Cass. Ich hab es vorgesagt: der Zorn des Königs ist nicht gemindert: er ist unbeweglich gegen alles Bitten.

Agath. Ich habe das Mittel gefunden, er wird sich bewegen lassen. Er wird bald, wie er befiehlt, den Schuldigen kennen.

Medon. Fröhliche Nachricht für den König!

Cass. Was verweilest du? O! nenn ihn.

Phäd. Medon halt geschwind die wüthende Königinn zurücke.

Lysimachus.

Agath. Laßt mich ihres Anblickes genießen. Sie wird meine Unschuld erkennen.

7.

Königinn. Die Vorigen. Soldaten.

Arsinoe. Laßt die Mutter ihre Söhne rächen. Mit diesem Dolche strafe ich das Laster.

Cassand. Halt dich ein, Königinn.

Arf. Weg, niedriges, feiges Volk, Gehülfe der grausamen Mordthat.

Agath. Sieh hier den Agathokles.

Arf. Ich sehe die von doppelter Mordthat blutende Hand.

Agath. Die bereit ist, ihr Verbrechen zu büßen.

Arf. Wo liegt der Bruder? der Freund?

Medon. Es ist für beyde, wie sichs geziemt, gesorgt.

Arf. Beyde todt.

Cass. Rede, zeig nun öffentlich deine Unschuld.

Agath. Wohlan, mein Schicksal sey von nun an erfüllet. Du hast mich immer für deinen Feind gehalten. Bey den rächenden Göttern! ich war kein Feind! der Bruder fiel zwar unter meinem Schwerdt; aber unbekannt; doch habe ich von freyen Stücken die Strafe gesucht, und nichts sehnlicher gewünscht, allein der Vater hat mir sie versagt.

Ars. Verräther, du wünschest den Tod und lebst! weg mit dieser niedrigen List, du verlangst den Tod, wer kann dir ihn versagen? Der Vater versagte ihn: und du lebst! du konntest sterben, das ist genug. Diese Hand hätte dir den Tod geben sollen, dann wäre deine Unschuld offenbar.

Med. Welch eine Blässe sich über sein Gesicht verbreitet!

Cass. Fürst, du stirbst?

Med. Hilfe! geschwind!

Agath. Königinn! du hast das Urtheil gesprochen, sieh, daß ich unschuldig bin. Der Vater versagte mir den Tod, diese Hand gab mir ihn.

Cass. Was sagst du? Medon, eile, den König!

Agath. Ich sterbe.

Lysimachus.

Caſſ. Ihr Himmel!

Agath. Der Vater hörte die Bitte des Lebenden nicht, er höre die Bitte des Sterbenden.

Arſ. Was ſeh ich, Phädima: laßt uns weg von dieſem Orte gehn.

Agath. Wo fliehſt du hin? Auch ſo mißfall ich dir. Genieß des Reichs, ich folge meinem Bruder.

8.

Lyſimach. Die vorigen.

Lyſ. Ach Unglück! was machſt du mein Sohn!

Agath. Ich räche den Vater.

Lyſ. Grauſamer, wilder Menſch, hierinn erkenne ich dein Laſter.

Arſ. Dies hätte mein Verbrechen ſeyn ſollen.

Lyſ. Boshafte Hand!

Agath. Sie hat nichts geſündigt, mein Vater! du ſiehſt den Urheber: aus dieſem Ringe verſchlang ich den Tod.

Lyſ. Lebe oder dein Vater iſt des Todes.

Agath. Leb ich, ſo bin ich ein Verbrecher, der Tod macht mich unſchuldig.

Lyſ. Du biſt ohne Verbrechen, ich weis es. Wer hat dich zu dieſer That gebracht?

Agath. Du ſelbſt, da du mir den Tod verſagteſt, den ich verdiente, und den Unſchuldigen tödteſt.

Lyſ. Lebe! Amyntas lebt.

Agath. Der Unſchuldige — iſt zum Tode verdammt.

Lyſ. Es iſt alles erdichtet; ſogleich wird er geſund und wohl hier erſcheinen.

9.

Die vorigen.

Amynt. (In den Armen der Soldaten.) Freunde laßt mich; ich will der Gefährde ſeines Todes ſeyn.

Urſ. Ihr Sterne! ſo kommt mein Sohn zurück. Ihr Mörder!

Agath. Vater! ſo gibſt du mir meinen Freund zurück.

Amynt. So seh ich dich wieder!

Arf. Mein Sohn!

Lyſ. Wer hat dir das Herz durchbohret, mein Sohn? Wer wagte dies?

Med. Er hat ſich mit eigner Hand durchſtochen; er glaubte wie es ihm nach deinem Befehle geſagt wurde, den Agathokles todt; vergebens flehte, ſeufzete er zu den Göttern; er rief noch einmal den Agathokles, fiel gählling auf das Schwerdt eines Soldaten und durchſtach, und durchbohrt ſich die Bruſt.

Agath. Amyntas!

Amynt. Agathokles!

Agath. Umarm ich dich?

Amynt. Beſter Theil von mir, du ſtirbſt ſo dahin!

Agath. So läſſeſt du mich ſterben, da du mich dem Tod zu entreiſſen ſucheſt: Du nahmſt die Schuld auf dich, damit du den Schuldigen verhülleſt. Bring die Liſt der Liebe an den Tag, und geſteh das erdichtete Laſter.

Lyſ. Geſteh es.

Amynt. Was begehrſt du?

Agath. Du verbitterst mir den Tod, Unbarmherziger!

Arf. Wehe mir!

Agath. Harter Freund, was verweilest du?

Amynt. Ich gesteh es: meinem Freunde das Leben zu retten, macht ich mich zum Schuldigen.

Agath. Amyntas! jetzt sterb ich mit Vergnügen. Lebe wohl.

Amynt. Lebe wohl. Dieser Tag ist das Ende der Schmerzen, aber nicht das Ende der Liebe.

Med. Der Geist flieht von ihren Lippen. Sie sind todt.

Lys. Ach! Zorn, Wuth flammt mir im Gesichte. Zitterst du nicht vor dem Anblicke deines Lasters, tobendes Weib! Ist deine Wuth erfüllet? Hast du Blut genug? Stürze den Vater auf die Leichen seiner Söhne hin! Willst du das Reich? Reiß es zu dir. Willst du Blut? Nimm die Seele.

Arf. Was soll ich zuerst beklagen? ich Elende! Meinen Sohn? Den Agathokles? Dein oder mein Unglück?

Lys. Ich fodere keine Klagen, keine leeren Seufzer. Ich bin Vater! Ich fodere meinen Sohn — beyde! beyde gieb mir zurücke, du hast mir beyde entrissen. Ach! so viel Unglück in einem Tag! Schicksal! fülle das Maaß deiner Grausamkeit! Mich, mich treffen deine Pfeile! Ganz, ganz sättige deine Wuth durch meinen Tod!